相馬遷子の百句

仲 寒蟬

一人の医師として

ふらんす堂

目次

相馬遷子の百句 3
相馬遷子の医師俳句・闘病俳句 204
初句索引 217
季語索引 219

相馬遷子の百句

霧行くや樅は深雪に潰えつつ

『草枕』
（昭和一一年作）

1

遷子は生前四つの句集を上梓している。第一句集『草枕』は当時函館で「壺」を主宰していた斎藤玄の計らいで「壺冊子」の一冊として刊行された。文庫本並みの小さく薄い句集である。著者自身が言うように「戦後混乱のさなかの事でもあり、極く限られた人々の目にしか触れ得なかった」ために、その一部は「草枕抄」として後に第二句集『山国』に再収録されている。

この句はその『草枕』の巻頭から二句目、「草枕抄」では巻頭に置かれており「志賀高原」の前書がある。遷子はこの頃さかんに旅行、吟行を繰り返していた。

草枕ランプまたたきしぐれくる

『草枕』
（昭和一二年作）

2

句集名の元になったと思われる句。当時の遷子は盛んに日本各地を訪れて精力的に俳句を作っているから「草枕」の題名はそのような生活を括るに相応しいと言える。

遷子は明治四一年生まれ、昭和七年に東京帝国大学医学部を卒業しそのまま東大の医局に入局した。昭和一〇年には東大医学部出身者の俳句の集まりである「卯月会」に入会(島薗順次郎氏が会長)、水原秋櫻子の指導を受けた。同じ年「馬酔木」にも入会している。

「法師温泉」と前書、群馬県の秘湯の一軒宿。絵に描いたような、如何にも草枕という感じの俳句はまだ遷子らしい表現の工夫に乏しいが、その分初々しい。

滝をささげ那智の山々鬱蒼たり

『草枕』
（昭和一三年作）

3

那智滝には虚子に有名な「神にませばまこと美はし那智の滝」（昭和八年作）があり、秋櫻子にも「滝落ちて群青世界とどろけり」（昭和二九年作）という代表句がある。

これらと比較しても決して見劣りしないと思うのは贔屓が過ぎるだろうか。この句が優れているのは句の主体が「那智の山々」であるという点だ。滝は山々にささげられている供物に過ぎない。遷子は滝そのものに感動したのではなく、その背後の鬱蒼たる山々に畏れを感じたのである。これこそ古来日本人が大自然に対して抱いてきた敬虔な心持ちではあるまいか。

令状来る

冬木に向ひ顔のこはばり解かむとす

『草枕』
（昭和一六年作）

『草枕』は「草枕」「大陸行」「蝦夷」の三章から成る。その制作年は「草枕」が卒業後俳句を始めてから出征まで（昭和一一〜）、「大陸行」が応召から結核に罹って帰国するまで（昭和一六〜）、「蝦夷」が市立函館病院に勤務してから函館を離れるまで（昭和一八〜）である。

遷子は昭和一五年一月に「馬醉木」同人となる。だがその年一二月に陸軍衛生部見習士官として応召する。

この句は昭和一六年三月の「馬醉木」に発表されたが句集には採録されていない。いよいよ来るべきものが来たかという緊張感が伝わってくる俳句である。

黙々と憩ひ黙々と汗し行く

『草枕』
（昭和一七年作）

5

召集された遷子は大陸へ渡る。

　このリズムは富澤赤黄男の「戛々とゆき戛々と征くばかり」を思わせる。赤黄男も陸軍少尉として中国へ出征した。こちらは昭和一二年の作だから遷子はどこかで読んでいたかもしれない。

　この句の前にある「一本の木蔭に群れて汗拭ふ」と共に行軍の大変さを詠んだ句である。だがこの句が「馬酔木」に発表された時すでに遷子は病を得て内地に送還されており、筑紫磐井の考察によれば国内で戦地の日々を回想して作った戦火想望句ではないかという。

栓取れば水筒に鳴る秋の風

『草枕』
（昭和一七年作）

6

これも大陸での行軍経験を詠んだもの。

ただ先の句が行軍というのは如何にもこうですよという謂わばそこにいなくとも作れそうな句であるのに対しこの句の方はリアリティがある。この水筒は別に行軍の人のそれである必要はなく、例えば登山の句でもよい。それでも初秋のまだ暑い気候の中での行軍と想像すると栓を取るときの安堵の気分、水筒を鳴らすほどの秋風の有難さなどが伝わってくるではないか。

真の戦場では一瞬も気が抜けないだろうから、秋風に思いを致す余裕はなかったかもしれない。回想の句か。

煮凝や他郷のおもひしきりなり

『草枕』
（昭和一八年作）

7

遷子が大陸で従軍していた期間は一年にも満たない程であった。内地に送還され東京で療養した後、市立函館病院に赴任する。ここで「鶴」同人の斎藤玄（「壺」主宰）との交流を通し、加うるに石田波郷の影響もあって境涯詠に目覚めたと言われるが、すでに見たように「大陸行」の俳句などにその萌芽があったと考えられる。

この句の他郷は函館であろう。思えば遷子は信州佐久に生まれ一一歳で上京、以後は従軍期間をはさんでずっと東京暮らしであった。北の国で獲れた魚の煮付や煮凝を口にするにつけ他郷との思いを強くしたであろう。

忽ちに雑言飛ぶや冷奴

『草枕』
（昭和一八年作）

8

「送迎桂郎四句」（『山国』では「迎送桂郎二句」）と前書がある。桂郎は石川桂郎、石田波郷に師事し「鶴」「壺」の同人であった。遷子と桂郎（一歳年下）では性格も身の上も全く異なる筈だが意外と気が合ったようである。「壺」にも属していた桂郎が函館の斎藤玄らを訪ねて来たのだ。雑言は罵詈雑言というように様々な悪口、討論など品のよいものとは言えず、酒も入ってかなり声高な暴言や批評の応酬があったか。馬酔木の貴公子と呼ばれた遷子はどんな顔をしていたのだろうか。冷奴はこの場をやや冷静に眺めている遷子の象徴なのかもしれない。

吾子とわれ故山に立つる鯉幟

『山国』
（昭和二一年作）

9

その後遷子は函館を離れる。『草枕』の前書をたどると「病中」「長男病む」「妻と幼児二人を暫く郷里に托す」「函館を去らんとす」とあり、そこで句集が終わっている。『草枕』が上梓されたのは昭和二一年五月。

同じく東大医学部を出て海軍将校となった弟、愛次郎の回想録によると、兄弟共に結核を病み妻子を養っていかねばならず、昭和二一年早春に父の遺した佐久は野沢の土地に兄が内科医、弟が外科医として医院を開業した。

故郷とは言え二八年も離れていた地である。この鯉幟は単純に「故郷に錦を飾る」というものではなかった。

薄き雑誌購ひ戻るあたたかし

『山国』
（昭和二二年作）

10

薄き雑誌は俳句雑誌であろう。この頃の遷子は「馬酔木」「鶴」「壺」に所属していた。購い戻ると言うからには書店で買ったのか。自分の所属している雑誌は今なら定期的に郵送されるが、当時は書店か郵便局に届けてもらって代金を払う仕組みだったのかもしれない。

昭和二二年と言えばまだ戦後の復興も途上にあり紙は貴重であった。この年に発行された太宰治の『斜陽』の復刻本を見ても更半紙のような粗悪な紙質である。それでも活字に飢えていた日本では雑誌の発行が相次いだ。遷子が手に取ったのは所属する俳句誌とは限るまい。

自転車に夜の雪冒す誰がため

『山国』
（昭和二三年作）

11

今では長野県の一世帯が保有する乗用車は一・五七台、全国六位である。だが当時の往診は自動車ではなく自転車だった。遷子には自転車の句が四句ある。明らかに往診時のものと思しきはこの句だけで他は違うかもしれない。

厳寒期の信州で自転車に乗るのは結構きつい。筆者も学生時代に銭湯の帰り洗い髪が凍って驚いた。況してや夜、さらに雪の中となると出来れば敬遠したい。それでも往診、つまり患者からの要請を受けて診療に向かうのだから断わる訳にはいかない。今なら救急車だろうが当時の地方の救急医療は開業医による往診が担っていた。

木枯に星斗爛燦たり憎む

『山国』
（昭和二四年作）

爛炘は難しい熟語だが爛煥と等しいと思われる。即ち木枯に研ぎ澄まされた北斗星が明るくも冷たく輝いている様子を表現しているのであろう。問題は「爛炘たり」の後、一拍おいて「憎む」と続けたその作者の心理である。これほど感情を剝き出しにした俳句は遷子にしては珍しい。

実はこの時期の遷子は故郷で医院を開業したものの土地の人達に馴染めない、医院の経営もうまくいかない、俳句もできない、ということで鬱屈し自己嫌悪に陥っていたらしいのである。

風邪の身を夜の往診に引きおこす

『山国』
（昭和二四年作）

13

医者も人間だから風邪くらい引く。況してや遷子はスポーツマンタイプの弟、愛次郎とは異なり元来蒲柳の質であったという。しかも大陸での野戦生活がたたって、回復したとは言え結核を患った後なのである。

往診とは患者の要請に応じて患家へ出向き診療すること。医師法一九条にある「応召の義務」から正当な事由がない限り患者の診療の求めを断ることはできない。少々風邪気味なくらいであれば寒い夜であろうと身を引き起こし、自転車にまたがって患家へと向かわなくてはならない。とは言ってもなかなかに辛い業務であったろう。

寒雀故郷に棲みて幸ありや

『山国』
（昭和二五年作）

14

この頃の遷子はしきりに故郷、佐久に住むことを憂えている。この少し前には「天ざかる鄙に住みけり星祭」と田舎暮らしを詠んでどこか捨て鉢な気分である。

「この地からは悲運にも沖縄へ出征した為、多くの戦死者があった。軍医だったご主人を亡くされた女医も居られた。それで三十年振りに医師二人揃って帰郷した私たちを、当初周囲は必ずしも温かくは迎えてくれなかった。」と愛次郎の回想録にはある。

この句は寒雀に呼び掛ける形をとって自問自答しているのである。故郷とは言え長らく離れていたのだから。

寒うら、税を納めて何残りし

『山国』（昭和二五年作）

馬酔木の貴公子と呼ばれた遷子。角川「俳句」の「相馬遷子追悼」では彼を知る人から穏やか、柔和、秀麗、天性の善意、端然たる紳士と評されている。その人が開業直後の昭和二三年に「自転車を北風に駆りつつ金ほしや」と詠んでいる。寒うらゝは反語的。

この頃の開業医は決して楽な稼業とは言えなかった。掲出句からも税を引けば手許に殆ど残らぬと知れる。医師の収入が安定したものとなり医学部進学が人気になってくるのは、少なくとも昭和三六年の国民皆保険制度開始以降のことと思われる。

百日紅学問日々に遠ざかる

『山国』
（昭和二五年作）

16

この句は東京を離れ、大学を離れ、医学という学問から離れてしまった不安な思いを吐露したものである。

医学と医療とは全く異なる。医学はサイエンスであり医療はむしろアートと言ってよい。遷子に限らず大学に近い位置にいる医師は常に医学的知識、情報を更新したいと願う。だが医療の現場に長く身を置くとそれは困難になってくる。況してや田舎で開業した身となれば。

百日紅が咲く頃は佐久と雖も日中の暑さは厳しい。まとわりつくような暑気のいたたまれなさと学問から遠ざかってどこへ行くのかという焦燥とが嚙み合っている。

露草に乳房なづさふ朝の山羊

『山国』
（昭和二六年作）

17

「なづさふ」という古語を用いている。「なづさふ」とは広辞苑によると「水に浸る。水にただよう」の意と「なれてまつわりつく。なつく。なじむ」の意がある。この句ではもちろん後者である。草を食む山羊の乳房に露草の花が接しているのをこう詠んだ。

『山国』時代の遷子は秋櫻子や「馬酔木」の影響を受けて万葉調の言葉の使い方をよくしている。以前遷子の切字について調べたとき「かな」は『草枕』『山河』の方が多いけれども詠嘆の「も」は断トツで『山国』に多いことを突き止めた。この「なづさふ」も万葉調の一環と言えよう。

猟銃音湖氷らんとしつつあり

『山国』
（昭和二七年作）

18

この湖は松原湖ではないか。南佐久郡小海町にあり仁和地震により八ヶ岳の一部が崩壊した際に川が堰き止められてできた。周囲には民宿が立ち並び、夏は登山やボート遊び、冬は凍結してワカサギ釣りで賑わう観光地。昭和二四年夏、市川青穂、堀口星眠の訪問を機に遷子は高原派の一員として活動を始める。と言っても彼自身は高原に住んでいる側で、堀口や大島民郎らを迎えて彼らを案内したりともに吟行したりしたということだ。

田舎の生活に不満で俳句の方も意欲が低下していた折だったので高原派の訪問は彼を活気づかせたことだろう。

燕来て八ヶ岳北壁も斑雪なす

『山国』
（昭和二七年作）

高原派として活躍していた頃の作品が続く。先の猟銃音の俳句の舞台、松原湖は八ヶ岳の東斜面に位置する。佐久平に立つと北に浅間山、南に蓼科山から八ヶ岳の連峰が望まれる。本句の「八ヶ岳」は「やつ」と読ませる。佐久の住人は浅間山を「あさま」、八ヶ岳を「やつ」と呼ぶ。

佐久から見る浅間山は南斜面なのでより早く雪解けが進み、八ヶ岳の北壁は日が当たりにくいため最後まで雪が残っている。それでも流石に四月も半ばとなれば山の斜面のあちこちで雪が解け、町には燕がやって来る。これからが佐久のいちばん美しい季節なのである。

慈悲心鳥わが身も霧にかすかなり

『山国』
（昭和二七年作）

遷子は高原派と言われる割に具体的な花や動物の名を詠むことが少なく自然に対して意外と冷淡である、とは『相馬遷子――佐久の星』での筑紫磐井氏の指摘。

慈悲心鳥はカッコウ科の夏鳥で十一の古名である。鳴き声を「ジュウイチ」とも「ジヒシン」とも聞きなしたのでこれらの名称がある。時鳥、郭公と同じく托卵をする。

本句には秋の季語である「霧」も使われているが慈悲心鳥が主たる季語で夏の句と読みたい。「わが身も」ということはわが身が霧に紛れてしまいそうなのに似て慈悲心鳥の声も夏霧の奥にかすかに聞こえるのみという意。

狐舎のうら秋烈日の火山立つ

『山国』
（昭和二七年作）

21

「狐舍」が章名にもなっているくらいなので作者自身のお気に入りの一句であったのかもしれない。

それにしても信州に狐舎とは珍しい。飼ったとて直接の利益はなさそうだから、この狐はペットか見世物として飼われているのだろう。狐自身は日本中に分布し長野県でも珍しくない。筆者の家の庭にもよく出没する。

この火山は勿論浅間山だろう。佐久から見える火山（いわゆる死火山、休火山）は多いが噴煙を吐いているのは浅間山だけだ。秋なお厳しく照りつける日射の中に火山が立つ。大きな火山なのに狐舎の裏との把握が面白い。

こほろぎや尼が来て消すミサの燭

『山国』
（昭和二七年作）

先の狐舎の句同様この句も「軽井沢にて」の前書がある。

このミサの場所は旧軽井沢のいわゆる銀座通りを一本入ったところにある聖パウロ教会か。観光スポットとして有名であり信者でなくともキリスト教式結婚式を挙げられる教会の嚆矢である。その建築自体が文化財とも言え筆者の好きな堀辰雄『木の十字架』にも登場する。

聖パウロ教会は森の中にあり堂内に蟋蟀が入って来ることもありそうだ。堀辰雄も津村信夫らと共にミサに参列したと書いていたから部外者のミサ見学が認められていたようだ。遷子もそうやってこの光景を見たものか。

山脈へ野をおらび行く雪解風

『山国』
（昭和二八年作）

23

高原派の面目躍如という感じの句。それも普段は都会に住んでいてたまに高原を訪ねて来るのでなく、普段から高原に住み、その自然を熟知している者の詠み振りである。前者が堀口星眠や大島民郎らのいわゆる高原派、遷子は後者であるから彼らとは一線を画すべきだろう。

この雪解風が目指す山脈は浅間連峰か、それとも八ヶ岳連峰だろうか。遷子がその中間の野沢町に住んでいたのでいずれとも取れる。山から下りてくる風ではなく、山に積もった雪を溶かすべく平地（野）から駆け上がってゆく風である。「おらび行く」のだから春疾風だろう。

往診の夜となり戻る野火の中

『山国』
（昭和二八年作）

24

往診は急変などの突発的事態に対し患者の要請に従って患者宅を訪問・診察するもの。通院できなくなった患者宅を定期的に訪問するのは訪問診療と言って区別する。

この時期の遷子には往診の句が多い。それも何故か夜が多い。*11*も*13*もそうである。もちろん往診は一日中いつでも起こり得る。この後の*38*のように必ずしも夜ではない往診を詠んだ句もある。だが人間心理として夜間の方が不安だし夜に頻発する病気もある。行く側も夜や冬など辛くて大変な往診の方が印象に残るのだろう。この句では終りが早朝だったか、野火の中を帰ったらしい。

農婦病むまはり夏蚕が桑はむも

『山国』
（昭和二八年作）

職業俳句と言っていい句が続く。但しこれは医師としての遷子自身ではなく患者をその生活と共に詠んでいる。

養蚕と言えば富岡製糸場のある群馬が盛んであったが長野県もまた養蚕や絹産業で有名だ。信州大学には他の大学にない繊維学部があるほど。また『女工哀史』にあるように、岡谷の製糸工場へと野麦峠を越えて大勢の若い女性たちが送り込まれた歴史もある。

上田や佐久では昭和三〇年代まで農家の二階に「お蚕様」と呼ばれた蚕が飼われていた。この句にあるように病者のすぐ横で蚕が桑を食むという光景は普通であった。

家を出て夜寒の医師となりゆくも

『山国』
（昭和二八年作）

医師が家を出るということは往診の句であろう。『山国』の時代に入ってずっと往診の句が続いている。それも大概夜である。これは当時の医療事情から現在のような夜間救急の体制がまだなく、開業医の往診がその役割を担っていたからであろう。

「夜寒の医師」という呼称は孤独でさびしい後ろ姿を彷彿させる。一国一城の主として医院を構える医師から、ただ一人の人間として自然の中へ踏み出してゆく。「馬酔木」の万葉調を代表する「も」という詠嘆の終助詞がよく効いている。「も」は「かも、かな」と同義である。

星たちの深夜のうたげ道凍り

『山国』
（昭和二九年作）

この句は必ずしも往診の際の作とは限らないが、そうである可能性が高い。「うたげ」という楽しげな表現でありながら実際には「道凍り」という厳しい気候だったのである。気象庁の記録でも当時の気温は現在より低く、昔の冬を知る人は今よりずっと寒かったと口を揃えて言う。

佐久は晴天率が高い上に標高も高いため天文観測に適している。合併して佐久市の一部となった旧臼田町は日本一のパラボラアンテナを有する宇宙空間観測所があることから「星のまち」と呼ばれている。星の美しさを見て凍てつくような寒さを慰めていたのかもしれない。

畦塗に天くれなゐを流したる

『山国』
（昭和二九年作）

畦塗は田圃の水が畦から外へ沁み出さないように割れ目や穴を塞ぐ作業。田に水を入れて代掻きをする前に行う。最近では畦塗機という道具もあるようだが遷子の頃は当然手作業だったろう。

　塗られた泥がてらてらと光る。この句ではその光る畦に天が紅を流した、つまり夕暮の空の茜色が映っている様子と思われる。人事句と言えばそうだが人間社会をも含めた大自然の営みを詠んだ句と言える。この頃の遷子は一方で高原派と称されるように自然を対象としながら日常生活をも詠んでいた。この句は両方の性格を持つ。

畦塗りにどこかの町の昼花火

『山国』
（昭和二九年作）

同じく畦塗の句であるがこちらの方はあまり周囲の自然を感じさせず、純粋に人間社会のことだけを詠んでいる。畦塗している人に遠くの花火の音が聞こえてきたのである。この場合の花火はもちろん昼間のことでもあり、恐らく運動会の時のような音だけのものだろう。だから季語としては畦塗が優先され、花火は季語にならない。

春に上がる花火だから春祭か何かのイベントがあったと見える。どこかの町とぼかしているので遷子の住む佐久市野沢ではなさそうだ。隣の臼田には有名な小満祭《こまんさい》という稲荷社の祭があるが五月なので時期が合わないか。

しづけさに山蟻われを嚙みにけり

『山国』
（昭和二九年作）

高原派の時代が続く。これなども山へ出かけた時の経験が元になっているのだろう。

虚子は山国の蝶を「荒し」と表現したが蟻だって大きくて気性が荒い。ムネアカオオアリという日本最大の蟻も山でよく見かける。昨今話題になっている外来種のヒアリ程ではないが針で刺すものも毒を持つものもいる。

この句の蟻はさほど狂暴ではなさそうだ。作者が静かないい所だと寛いでいたのをいきなり山蟻に嚙まれて驚いたのだ。主語を蟻にして、われが受身になっているので静けさを感じたのも蟻という書き方。それが珍しい。

山に雪けふ患者らにわれやさし

『山国』
（昭和二一九年作）

医師俳句である。ここで言う医師俳句は社会性俳句の内の職業俳句に分類されるべきものであるが、遷子が自身の医師としての生活を詠んだ俳句を便宜上こう呼ぶ。

遷子の医師俳句は社会性という面と生活詠という面とを併せ持ったところに特徴がある。「馬酔木」で培った自然への目配りが底流にあり、かつ医師としてのヒューマニズムが背景に感じられて魅力的である。

この句などまず「山に雪」という周囲の自然への言及から始まる。佐久では山に三回雪が降れば里にも降ると言われる。本格的な冬を前に患者を労る心根が温かい。

年の暮未払患者また病めり

『山国』（昭和二一九年作）

この句は医師俳句の中でも極めて社会性の強い句と言える。我が国の国民皆保険制度は昭和三六年に始まる。未払いの患者に限って医療費のかかる事実を詠んで深刻。

社会性俳句は昭和二三年の「俳句」の特集「俳句と社会性の吟味」に始まるとされる。しかし元々この運動は昭和二一年の桑原武夫「第二芸術論」への反発に端を発した面もあり、社会性俳句の代表とされる句集『塩田（沢木欣一）』は昭和三一年、『合掌部落（能村登四郎）』は昭和三二年の刊行であるから俳壇においては昭和二〇年代にその傾向の俳句は作られていた。この句もまた然り。

農婦病む雲雀を籠に鳴かしめて

『山国』
（昭和三〇年作）

33

医師俳句が続く。先にも同じ「農婦病む」で始まる句があった。今でこそ我が国の農業人口は減少の一途をたどり一四〇万人を切るに至っているが、昭和三〇年にはまだ一二〇〇万人が農業に従事していた。

「農民とともに」のスローガンのもと佐久の地に農村医療を展開した若月俊一が佐久病院（現JA長野厚生連佐久総合病院）に赴任したのが昭和二〇年三月、院長に就任したのは翌年一〇月である。当時の佐久は農村であった。

現在、鳥獣保護管理法によって飼育を禁止されている雲雀が当時は飼われていたという事実には驚かされる。

春の町他郷のごとしわが病めば

『山国』
（昭和三一年作）

「春の町」という季語はないが歳時記では「春」の項目に風生や楸邨の例句がある。

医師とて人間であるから病気には罹る。この句の病気は後の胃癌のような重篤なものではなく春の風邪くらいの軽症のものであったろう。それでも医院を休診にして場合によっては家人の看護を要したかもしれない。

佐久という故郷について帰郷当初はなかなか馴染めないとこぼしていた遷子である。あれから一〇年経ったけれども何かの拍子に、例えばこの句のように病気になった時などにはまだ疎外感を感じることもあったのだろう。

夕蟬や黙して対ふ癌患者

『雪嶺』
（昭和三一年作）

癌が死に至る病であることはこの時代も今も変わらない。それでも現在は抗癌剤はじめ治療の急速な進歩によって予後は格段に延長された。しかも意識の変化から「癌告知」が当たり前となった。だが当時はまだまだ「患者にそんな残酷なことは伝えられない」とする考えが大勢を占めていた。遷子も癌患者を前に掛けるべき言葉を探しあぐねていたのか。夕蟬の声だけが二人を包み込む。

この時の遷子はもちろん自分が将来胃癌で死ぬなどとは思ってもいまい。癌が日本人の死因の第一位になるのは彼の没後五年経った昭和五六年のことである。

雪嶺の光や風をつらぬきて

『雪嶺』
（昭和三二年作）

佐久から上田に至る東信地域は日本でも晴天率が高いことで知られる。平地でも標高六百から七百メートルと高地なので雪が多いだろうと思われているが積もることは少ない。ただ冬は極めて寒い。雪国でなく山国なのだ。冬は「雪嶺」が檻のように佐久平を取り囲む。北には浅間山、南には蓼科・八ヶ岳、東には妙義・荒船、西には遥かに北アルプスが控えている。雪嶺に発する光が寒風を貫いてこの地へ届く。高原派らしい国褒の句である。

遷子の没後、前山の貞祥寺にこの句と秋櫻子の「寒牡丹白光たぐひなかりけり」の連袂句碑が建立された。

大寒や老農死して指逞し

『雪嶺』
（昭和三二年作）

37

またしても農夫が登場する。先にも書いたようにこの年代の佐久は農村であったから当然かもしれない。その農村で遷子は内科医として働いていた。

この句の老農は恐らく自宅で往診を受けて看取られたのだろう。当時の相馬医院にも入院病床はあったかもしれないが、昭和三〇年代では一般的な感覚として医療機関に入院して死ぬという選択肢はまだ少なかった。

大寒の家は底冷えしていたろう。脈を取ろうと触れた手の指の逞しさに驚いたのだ。この指でこの人は長らく田畑を耕し農作物を収穫してきたのだという感慨。

汗の往診幾千なさば業果てむ

『雪嶺』
（昭和三三年作）

先の句は真冬の往診であったがこちらは真夏である。どちらが楽ということはなく、どちらも辛い。

この句の「汗」は文字通り夏に掻き夏の季語ともなっている汗であるが、同時に「額に汗する」と言う時の労働の苦労や骨折りを指しているとも取れる。

遷子にとって医業は聖職であり生き甲斐でもあったろうが一方で生活の糧を得るための手段、生業でもあった。ここでは前世の報いとも言うべき「業」と表現される。こんな大変な作業を何千回やれば終わるのだという叫び。シーシュポスの神話のように永劫続くやりきれなさ。

病む人に銀河を残し山を去る

『雪嶺』
（昭和三一年作）

39

　これも往診の句のようであるが作りが一風変わっている。何故往診の句と分かるかと言えば作者は「病む人」を山に残して戻って来たからである。通常そんな非人道的なことはできまい。だが作者が医師であることは分かっているからこれは山中へ往診に行ったのだと知れる。

　その人がどんな病気であるかは分からない。自分は患家を去るけれども代りに「銀河を残し」て行こうと言っている。この言葉があるお蔭で単に山へ往診に行って帰って来たという事務的な事項が俄然詩的な出来事に生まれ変わる。ちょっと格好良すぎるくらいの表現である。

水洟や手遅れ患者叱りつつ

『雪嶺』
（昭和三二年作）

これは往診ではなく診察室での光景かもしれない。水洟を垂らしているのは患者ではなく遷子自身だろう。「手遅れ患者」とはもう少し早く診察に来てくれたら何とかなったのに、との思いが出ている表現。しかし末期癌ほどの深刻味は感じられない。第一そういう患者を叱ったりはしまい。叱って諭せば次からは気を付けてくれるだろうとの温情ではあるまいか。例えば風邪をこじらせたとか、糖尿病が少し悪化したとか。

患者にしてみれば水洟を垂らした医師から言われても可笑しいような説得力がないような。滑稽味を感じる。

ころころと老婆生きたり光る風

『雪嶺』
（昭和三三年作）

遷子にしてはユーモアあふれる句。

「ころころ」は文字通り肥った老婆の形容だろう。最近では年老いてから痩せるとフレイルや認知症になりやすいということから多少肥っている方がよいとされる。

この老婆は何歳くらいだろうか。当時なら傘寿を迎えるのはかなり珍しかった筈。体重を支え切れずに曲がった腰、変形してO脚となった膝、体型は球に近い。そういう患者が転がるように診察室に入って来たのだ。

「光る風」という季語から暖かく気分のよい春の一日と思われる。遷子が医師としてこの人を見る目も温かい。

藺安の極暑の桑を負ひ戻る

『雪嶺』
（昭和二三年作）

これこそ社会性俳句であろう。長野県の養蚕は映画『あゝ野麦峠』で知られる諏訪・岡谷地域が有名であるが上田から佐久にかけての東信地域も盛んであった。だが大正に入って生糸の価格が暴落、さらに昭和の大恐慌や戦後の代替品の出現で日本の養蚕業は衰退してゆく。

それでも昭和四〇年代には戦前ほどではないにせよ養蚕業が再びピークを迎えた。これはその頃の俳句である。繭安の理由は海外の安い生糸やナイロンなどに押されたこともあろう。農家にとっては死活問題だ。これでは暑い日にお蚕様のため桑の葉を担ぐ重労働も報われない。

口中もまた貧農夫春の風邪

『雪嶺』（昭和三四年作）

正式の内科診断学では患者の頭から足の先までを観察し触診や聴診を行う。口の中を見るのも大切な診察のひとつ。風邪症状を診ることの多い診察室には舌圧子が常備してあり口を開けさせて咽頭発赤や舌の異常、口内炎、扁桃の腫脹、麻疹のコプリック斑の有無などを見る。

だが遷子は病気だけでなく患者の経済状態も見抜いていたようだ。恐らく歯の状態などから栄養不良を推測したのだろう。それにしても貧農夫とは身も蓋もない表現だ。風邪の診断のために口の中を覗いて図らずも患者の食生活まで分かってしまった。これもまた社会性俳句。

筒鳥に涙あふれて失語症

『雪嶺』（昭和三四年作）

筒鳥は時鳥や郭公と同じくカッコウ科の渡り鳥で托卵もする。この科の鳥は鳴き声が特徴的。筒鳥は低音で「ポポ、ポポ」などと筒を叩くような声に聞き做される。

失語症の患者を診察していて森の方から筒鳥の声が聞こえたのだろう。失語には感覚性と運動性があり、前者は話せるけれども相手の言うことが理解できず、後者は相手の言うことは分かるが言葉を発することができない。

この患者は後者のように思われる。筒鳥の声を聞いて何か言いたいのだが言えない。そのもどかしさ、情けなさが涙となって溢れ出てきたのではなかろうか。

母病めり祭の中に若き母

『雪嶺』
（昭和三四年作）

遷子の句集に登場する母は病気がちである。彼の蒲柳の質は母譲りなのかもしれない。しかし父豊三がこの句集『雪嶺』上梓の昭和四四年、遷子六一歳の時に亡くなるのに対し母緑は遷子の死後も生き続ける。

この句、冒頭と掉尾に「母」を置く特異な構造となっている。最初の母は現在の母。野沢の祇園だろうか、外では祭が始まっており本来なら母も連れて見に行くところ病なので家に置いてきたのだ。しかし遷子の目は幼い頃同じ祭に連れて来てくれた若い母を見た。幻か、誰か似た人を見かけたか。遷子にとって母は今も若いままだ。

癌患者訪ふ汗をもて身を鎧ひ

『雪嶺』
（昭和三五年作）

昭和三五年には日本人の平均寿命が男性六五歳、女性七〇歳を超えた。長生きすれば癌が増える。この頃には癌（悪性新生物）が死因の第二位となっていた。

往診の句である。まだ病院で死ぬより自宅で死ぬのが当り前だった時代。恐らく末期癌で動けなくなってきた患者宅を訪問診療している。

「汗をもて身を鎧」っているのは医師＝遷子である。気象庁発表の平均気温を見るとこの六〇年で約〇・七から一度くらい上昇している。とは言え当時も冷房がなかった分、真夏の暑さはいっそう耐え難いものだったろう。

隙間風殺さぬのみの老婆あり

『雪嶺』
（昭和三六年作）

この句の背景を想像するに往診先の患者（老婆）を詠んだものだと思われる。佐久の冬は、雪は少ないものの寒さは厳しい。隙間風が入る劣悪な環境で暮らす人々は当時まだ多かった。殺さぬだけでただ生きる悲惨な高齢者。

この年、国民皆保険が達成され、佐久市が誕生した。だが佐久市の脳卒中死亡率は全国でも最悪レベルであり、昭和三四年に東京から浅間病院初代院長として赴任した吉沢國雄はその原因を室内の寒さと塩分摂取量の多さにあると看破した。対策を講じた甲斐あって昭和四〇年代の終わりには死亡率が激減するのである。

ストーヴや革命を怖れ保守を憎み

『雪嶺』
（昭和三十六年作）

最初にこの句を読んだ時の強烈な印象、自然詠が主だと思っていた遷子がこんな俳句を詠んでいたのかという驚き。ストーブの上で湯がたぎっている厳冬の佐久で社会情勢について珍しく政治観を吐露する壮年の遷子。

この前年に東大生、樺美智子氏が死亡した六〇年安保闘争があり岸内閣が退陣、秋には浅沼社会党委員長が刺殺されるという事件が起こったことも関係しているか。

だが語調は激しいものの、革命は困るけれど保守にもまた与しないというリベラルな立場は、政治信条というより当時の知識人の常識的な考えではなかったろうか。

人類明日滅ぶか知らず虫を詠む

『雪嶺』
（昭和三六年作）

当時の世界情勢における重要な出来事としては、アメリカにケネディ政権が誕生しベトナムへの軍事介入が本格化したことが挙げられる。ベトナム戦争の始まりだ。

またこの頃までにアメリカ、ソ連、イギリス、フランスなどが相次いで原水爆による核実験を行い冷戦は加速、いつか第三次世界大戦が起こるのではないかと囁かれていた。上五中七はそのような世間での言説を受けてのものである。ただ遷子が本当に言いたかったのは下五、つまり明日滅びるかもしれない状況下でも虫や自然を詠み続けるという俳人としての矜持である。

酷寒に死して吹雪に葬らる

『雪嶺』
（昭和三七年作）

50

昭和三〇年代までの佐久の住居は寒かった。そのため脳卒中による死亡率は全国一という不名誉な地域であった。浅間総合病院初代院長の吉沢國雄による「一部屋暖房運動」と「減塩運動」が奏功して昭和四〇年代後半には死亡率が激減することは既に述べた通り。また佐久総合病院による集団検診もまだ始まったばかりであった。

　この句も応召によって患者宅へ出向き死亡診断した時のものだろうか。「酷寒に死して」との言辞が凄まじい。しかもすぐ吹雪の中を葬られたと言う。戦後土葬は制限されたが佐久ではまだ行われていたのかもしれない。

102 — 103

秋風よ人に媚びたるわが言よ

『雪嶺』
（昭和三七年作）

遷子はこの年から昭和四一年まで四年間、佐久医師会長を務めた。先にも述べたように前年に国民皆保険制度が施行され、佐久地域では厚生連の佐久総合病院に加えて国保直営の浅間総合病院が開院し公的病院が充実してきた。そのような病院と開業医との間で医師会を運営してゆくには気苦労も多かったことであろう。

この句はどのような状況で作られたものか。遷子の追悼文には為人について穏やか、貴公子、善意、紳士といった言葉が並ぶ。また潔癖症だったという話もある。そんな彼が人に媚びざるを得ぬ辛さを思う。

とある家におそろしかりし古雛

『雪嶺』（昭和三八年作）

同じ雛の俳句でも遷子の師である秋櫻子の有名な「天平のをとめぞ立てる雛かな」（『葛飾』所収）とは印象が全く異なる。秋櫻子の方は現代人形作家による新作を展示会で見たものらしいので抑も古雛と違って当然だが。

佐久には島崎藤村と交流のあった赤壁・黒壁で有名な神津家はじめ旧家が多い。中山道や佐久往還（佐久甲州街道）などの街道筋でもあるからだろう。この句、とある家の様子も雛の顔貌も何も描かれていない。ただ古いということ、恐ろしかったという印象だけ。だがそのぼかした言い方が却って想像を逞しくさせ恐怖を増幅させる。

梅雨の木菟鳴き出で分つ死者生者

『雪嶺』

（昭和三九年作）

木菟、即ちミミズクはそれだけなら梟と同じく冬の季語であるが、ここでは「梅雨の」と断わってある。ひょっとすると夏の季語になっている青葉木菟のことかもしれない。この鳥は梟や木菟と違って夏に渡って来る。

梅雨どきの木菟の声を聴いて生者と死者を分かつものだと断じた。梟はギリシア神話の戦と学問の神アテナの従者なので知恵の象徴である一方、魔女の使いとされたり中国では縁起が悪いと考えられたりしている。遷子が梟や木菟に関する神話伝説をどの程度承知していたか不明だが、夜に鳴くその声から死者の世界を思ったか。

死病診るや連翹の黄に励まされ

『雪嶺』
（昭和四〇年作）

この頃は結核もまだ死病のひとつであったろう。他にも死に至る感染症はあるし、もちろん当時では癌もそうであった。患者が死病に罹っていると診断した時の主治医の心は重く辛いものである。治療法が発達してきた現代とは異なりそのような場面は多かったろう。

そんな時、遷子は俳人であるから自然界から力をもらうことができた。美しい花や可愛らしい虫・鳥などを見ると心が和む。この句に即して言うと早春に明るい黄色の花を咲かせる連翹、その色を見ているだけで励まされるというのだ。医師が元気でなければ患者も陰鬱になる。

田を植ゑてわが佐久郡水ゆたか

『雪嶺』
（昭和四〇年作）

55

土地褒めの歌である。先述したように遷子は一一歳の時に一家で上京した後は三八歳（昭和二二年）で開業するまでは他郷で過ごした。この年には帰郷後約二〇年経っており、漸く自然に「わが」という冠詞を付けて故郷を呼ぶことのできるほど生活も心境も安定してきていた。

酒の旨い土地は米が旨く清らかな水がある。千曲川最上流の豊かで清冽な雪解け水を利用できる佐久地域には一三の酒蔵がある。遷子が佐久の水について自慢したのにはこのような背景があった。その水の豊かさを一番実感できるのは田水が張られ苗が植えられる季節である。

障子貼るかたへ瀕死の癌患者

『雪嶺』
（昭和四〇年作）

往診の時の光景であろう。患者は死に近い癌患者である。しかし患者の家族には自分たちの生活があり、冬が近づけば障子を貼り換えなければならない。

わが国では昭和三〇年までに結核で亡くなる人は激減し、脳卒中と癌が増加した。癌という病気は長く生きている生命体の宿命とも言えるもので、日本が長寿国になった証しでもある。昭和五三年（一九七八年）に当時の厚生省が日本は長寿世界一になったとの宣言を行った。

その癌によって約一〇年後に自分が平均寿命に達せぬうちに死ぬのであるが、この時の遷子は知る由もない。

世の寿命はるかに越えし父母の春

『雪嶺』
（昭和四一年作）

57

厚労省の令和四年簡易生命表によると二〇二三年現在の日本人の平均寿命は男性81・05年、女性87・09年である。この句の昭和四一年には男性68・35年、女性73・61年であったから、その後の約六〇年足らずの間に男女とも一三～一四歳寿命が延伸したことになる。

日本人の平均寿命が世界に冠たるものとなった背景には、衛生環境の改善による乳幼児死亡率の低下、栄養状態の向上や医療の充実による結核などの疫病の抑制が挙げられよう。いずれにせよ還子の両親もこの時点で日本人全体の平均寿命をはるかに超えていたのである。

卒中死田植の手足冷えしまま

『雪嶺』（昭和四一年作）

田植をしていて脳卒中で倒れ搬送されたのか。まだ救急車で運ぶより主治医を呼んだ方が早いという時代であったから遷子が患者の家を往診したのかもしれない。

直前まで田植していた手足は田水に触れて冷え切っている。佐久の田植は五月の末から六月初め、今なら暑い日もあるが当時は日中の気温が二〇度に達しないくらい。急に冷たい水に入ったのも脳卒中の原因かもしれない。

脳卒中が結核を抜いて日本人の死因第一位になったのは昭和二八年。とりわけこの頃の佐久地域は脳卒中の死亡率が全国でも最悪で、その改善には一〇年かかった。

山の雪俄かに近し菜を洗ふ

『雪嶺』
（昭和四一年作）

59

季語の「菜洗ふ」は都会の人には馴染みがないかもしれない。長野県では野沢菜を洗って漬物にするのが冬の風物詩。講談社の大歳時記では「冬菜」の傍題として載っている。モノトーンの冬景色の中で冬菜の緑は鮮烈だ。

九月頃種を蒔いた野沢菜は一一月以降、霜が降りて柔らかくなったものを収穫し洗って漬けるのである。

こうして遷子の俳句を見て来ると純粋な自然の写生という句は意外に少なく、人々の生活と結びつく形で自然が詠まれることが多いのが分かる。山の雪が里に近くなり霜が何度か降りるとあちこちの家で野沢菜を洗う。

暮の町老後に読まむ書をもとむ

『雪嶺』
（昭和四一年作）

60

この年、遷子は満五八歳。現在は六五歳以上を高齢者とするが、古来還暦を過ぎれば老境に達したと考えられてきた。だから遷子は還暦を前に老後のことを思ったのだ。

遷子が老後に読もうと歳晩の町へ出て購ったのはどんな本であったのか。佐久市の駒場公園内にある市立の中央図書館には郷土作家コーナー——相馬文庫・山室文庫があり、相馬遷子と山室静の寄贈本が収められている。

相馬文庫の本は余り多くはない。全集では茂吉と波郷、俳句以外では歴史や日本文化の本がある。文庫は三〇冊ですべて岩波。『ベルツの日記』のあるのが遷子らしい。

八ヶ岳雨吹きおとす田草取

『雪嶺』
（昭和四二年作）

61

佐久平も北の方は浅間山から吹き下ろす、いわゆる浅間颪が冬に吹く。南の方は八ヶ岳からの風になる。

田草取であるから季節は夏。農薬を使わないと田には雑草が生えてそれを取り除くのが一苦労である。雑草が生えると稲に栄養がいかないので農業の従事者にとっては大事な仕事。夏の間に何度も行わねばならない。最近は除草剤を使うことでその回数を減らすことができる。

田草取の最中に八ヶ岳から雨風が吹き下ろしてきたのである。「吹きおとす」という表現からその勢いが一層感じられる。厳しい作業がさらに厳しいものとなる。

病者とわれ悩みを異にして暑し

『雪嶺』
（昭和四二年作）

62

外来で患者と向き合っているときの感慨だろうか。

病者＝患者と医師とでは悩みが異なるのは当然である。医師が患者となる場合もあるが（実際後の遷子はそうなるのだが）普通医師は健康体であるからその悩みとは経営のことや家庭のことであろうか。それに対して病者の悩みはやはり病気のことであろう。

ひょっとするとこれは同じ病気を巡って、医師はどう治療するか悩み、患者は治療の苦痛や経費について悩んでいるということかもしれない。暑い診察室で向かい合いながら医師と患者の思いがすれ違うやりきれなさ。

子が嫁ぎ妻と二人の冬隣

『雪嶺』
（昭和四二年作）

遷子には後に医院を継ぐ長男の昭雄の下に一男一女があった。その娘が嫁いでいよいよ家には妻と二人きりとなってしまった。さびしい思いは勿論あろうが、どこかほっとしたような安寧の気分を感じる。妻と二人になった晩秋のひとときを愉しむ思いの方が強いかもしれない。

小津安二郎は昭和二四年の『晩春』以降『麦秋』『東京物語』といわゆる紀子(原節子)三部作を発表する。この句を読んだ時、季節は異なるが『麦秋』の最後のシーンを思い浮かべた。娘がやっと嫁いだ後の老夫婦が北鎌倉から故郷の大和へと移住し、来し方を振り返るのである。

年老いて賢くならず鳥雲に

『雪嶺』

（昭和四三年作）

遷子も還暦を迎えて「年老いた」との思いを持つようになった。年を取ると知恵がつく筈だが一向に賢くならないと言い放つ。これは勿論韜晦の言であって、わざとおどけて見せていると思われるが実感でもあったか。

医学は日進月歩、医師になってからも日々勉強が必要と言われ、遷子もそのような俳句を作っている。昭和三七年から四一年まで佐久医師会長を務めた。その間は医療以外の業務が多忙で勉強する暇はなかったかもしれぬ。「鳥雲に入る」という遥けきものへの哀惜の情が遠くなってゆく学問の世界への憧憬とも相通じる。

凍る夜の死者を診て来し顔洗ふ

『山河』
（昭和四三年作）

ここから最後の句集『山河』所収の句となる。『雪嶺』にあれほどあった医師俳句、往診や診察の光景を詠んだ句が『山河』では激減する。この句は最後の輝きである。

それは昭和四〇年代に医療環境が激変するからであろう。結核に代って脳卒中や癌での死亡が増え、糖尿病などの生活習慣病が問題となってくる。それに対応するため遷子も医師会長時代に尽力し健診体制が整えられる。また佐久総合病院、浅間総合病院などの大病院が救急患者を受け入れ、開業医による往診の必要性が失われてゆく。掲出句の句意は明らか。辛くやり切れない瞬間である。

春光に君見る医師の眼もて

『山河』
（昭和四四年作）

66

「清瀬に波郷氏を訪ふ」と前書のある二句のうち。「春光」という季語は本来春の景色の意であった、近年は春の光という意味でも使われる。この句もしかり。

この年の一一月に遷子の俳句の先輩であり友人でもあった石田波郷が亡くなる。遷子は「馬酔木」だけでなく波郷の「鶴」にも投句し人事句の腕を磨いた。この句が作られた春には波郷の容態はかなり重篤だったのではないか。その波郷を友としてでなく医師としての眼で見ている自分に気付いたのである。恩人波郷の病状が芳しくないと受け容れざるを得ないのはさぞ辛かったろう。

歴史には残らぬ男薫風に

『山河』
（昭和四四年作）

この「歴史には残らぬ男」は遷子自身であろう。謂わば自嘲の一句である。大方の人は歴史に残るかどうか考えながら日常を暮らしてはいまいが、何かの機会にそのようなことに思いを致すことはあるかもしれない。

歴史に残るとはナポレオンや坂本龍馬のような政治・軍事の方面ではなく、芭蕉や子規のような遷子と同じ俳句という文芸上の人物を想定していたのではなかろうか。この年遷子は第三句集『雪嶺』を上梓し、翌年には俳人協会賞を受賞している。亡くなった波郷は歴史に残るが私は残るまい、などと薫風の中で思ったのかもしれない。

女手に畦塗る畦は長きかな

『山河』（昭和四四年作）

28、*29*でも触れたように畦塗は大変な作業である。と言っても筆者はやったことがない。畦は天候の影響や土竜の掘る穴などによって傷む。畦塗しないと田に引き入れた水が漏れ出てしまうということらしい。

昔は鍬を使ってドロドロにした土を畦に掬い上げて塗り固めていった。力も要るし根気も要る仕事である。女性にとってはかなり辛かろう。最近では畦塗機というものが出来てこれを使うことでかなり楽になったと聞く。

「畦は長きかな」は作業の手を休め仕事の行く末を確認した主人公が感じた絶望的な気分をうまく表現している。

雪嶺に地は大霜をもて応ふ

『山河』
（昭和四四年作）

69

この年から翌年にかけての冬、作品に「雪嶺」の語が頻出する。この年の暮に父豊三が亡くなった。そのような状況で見上げる雪嶺はとりわけ厳しく映ったことだろう。

この句は純粋に大自然を詠った句に見える。それも天の雪嶺、地の大霜とかなりスケールが大きい。しかも天と地とが雪と霜とで交信しているかのようである。

筆者にはこの雪嶺（天）が父、地が子即ち遷子ではなかろうかと思われる。少なくともこの句に遷子はそのような思いを籠めたのではなかろうか。死んでゆく父に対して母を含め後のことは任せてくれと子は応えたのだ。

父みとる母居眠りて去年今年

『山河』
（昭和四四年作）

70

父豊三の死は暮も押し詰まった頃だったようだ。句集に出てくる父はすでに老人であるという他はよく分からない。だがかつての父豊三は佐久の野沢で薬舗を営んでいたのを弟に譲り幼い遷子らを連れて上京、遷子と弟愛次郎を東大医学部に入学させるほど経済力も見識もある地方の名士であった。その一方お人好しで人助けのために人から土地を買ってやったりしたらしい。

父を看取る立場の母は居眠りをしている。看病に疲れたのだろう。このような家族の光景は医師として何度となく見てきた遷子、自分の家族を見る目も冷徹である。

薫風に人死す忘れらるるため

『山河』
（昭和四五年作）

「薫風に人死す」までは初夏に誰かが亡くなったというだけのこと。遷子は医師だから死んだのは受持ち患者だったか。問題はそれに続く「忘れらるるため」である。

多くの患者を看取ってきて考えたのだろう。余程の有名人か社会に貢献した人でない限り死んで一周忌、三回忌となるにつれ遺族の記憶も曖昧になりやがて忘れられてゆく。いや有名人であっても百年経てば多くは忘れ去られる。そう言えば「歴史には残らぬ男」と自分のことを詠んだのも薫風の中であった(67)。春や秋でなく初夏の明るい光と風の中で遷子は何故このように思ったのか。

甲斐信濃つらなる天の花野にて

『山河』
（昭和四五年作）

72

高原派と呼ばれ見事な自然詠を多く作ってきた遷子の面目躍如という感じ。実に雄大な叙景句である。

甲斐信濃の国境は佐久から行けば野辺山と清里の中間あたり、小海線のＪＲ鉄道最高地点の近くである。イメージとしてはこの八ヶ岳山麓の高原に花野があって甲斐と信濃を繋いでいるというもの。何とも出来過ぎた句である。従ってこれは頭の中で作られた俳句ではなかろうかと筆者は考えていた。だがこの句の前に「花野行く華やかにまたさびしきを」という句があるので実際に野辺山付近の花野を歩いて作ったのかもしれない。

患者来ず四周稲刈る音きこゆ

『山河』
（昭和四五年作）

73

開業していれば来院患者の多い日も少ない日もあろう。筆者も病院の外来を担当していて（予約制の外来を除き）季節による患者の増減を経験した。発熱などの風邪症状は冬に多く、熱中症や食中毒は夏に多い。

この句はちょうど稲刈の頃。実は長野県の学校には田植休み、稲刈休みがあるほど人々の生活に農業が直結していた（今ではそのような休みはなくなった）。だから農繁期、特に田植や稲刈の時期には具合が悪くとも医療機関を受診せずに我慢してしまう人が多いのである。「患者来ず」にはそのような背景があるのだろう。

春寒し医師招かれて死の儀式

『山河』
（昭和四六年作）

これまでに何度も往診や看取りの俳句を作ってきた還子であるがこの句はまたなんと素っ気ないことか。

確かに我々医師からすれば患者の死は、殊に在宅で看取られるような患者の場合は何か月も前から予定されていたものであり、死の瞬間に格別の感慨は湧かない。脈を取り、瞳孔を見、聴診器を胸に当て、何時何分に亡くなったと告げる。「死の儀式」という表現が相応しい。

開業直後の昭和二〇年代からずっと詠まれてきた往診の句もこの後はほとんどなくなる。各地の病院が充実し「病院で死ぬ」ことが当り前の時代になったのである。

未明書くカルテに年の改まる

『山河』（昭和四六年作）

75

外来患者の数が最も多いのは年末年始、今のように当番医の制度がなかった当時はさぞかし大変だったろう。怒濤のような診療が終わって、あまりの忙しさにいちいち記載できなかったカルテを夜更けに書いている。患者の顔と交わした言葉を思い出しながら。今のように電子カルテではないのでコピペはできない。遷子は真面目な人だから多分きっちりとした楷書で（或いはドイツ語か？）カルテを仕上げてゆくのだろう。ご苦労様。

ふと気付くといつの間にか夜が白々と明け、ああ年が改まったのだなという感慨が湧いてきたのだ。

しろじろと道通りたり祭あと

『山河』
（昭和四七年作）

佐久市の祭と言えば、旧望月町や旧臼田町と合併した今では奇祭と呼ばれる榊祭（望月）、佐久総合病院と共にある小満祭（臼田）も含まれるものの、この句の祭は野沢の祇園祭だろう。岩村田にも祇園祭はあるが遷子の地元は昭和三六年に合併して市となる前の野沢町であった。

いわゆる「祭の後」を詠んだ句である。野沢の祇園祭では多くのお囃子屋台が出る中を神輿が渡御する。暑い時季なので道路には水が撒かれる。祭のすべてが終わり人々が帰った後、街灯に照らされた道は「しろじろと」見えたことだろう。或いは月が照らしていたかもしれない。

半天の紺半天のいわし雲

『山河』
（昭和四七年作）

まことに絵画的、くっきりとその景が見える写生の典型のような句である。

いわし雲は鯖雲やうろこ雲とも言い秋の季語となっている。秋は「天高し」と言うように雲が高いところにある。うろこ雲は下の気温が高く上の気温が低い時、対流が起こって発生する。つまり温暖前線や移動性の熱帯低気圧が近づくときに現われる。従って一面のうろこ雲が見られた後は天気が崩れるのである。

それにしても空の半分が晴れ、半分がうろこ雲とは珍しい景色だ。この場合、翌日の天気はどうなるのだろう。

雪晴れし山河の中に黒きわれ

『山河』
（昭和四八年作）

温暖化の進んだ現在と違って遷子の頃の佐久はまだ雪が時々降ったであろう。よく佐久を「雪国」と誤解している人に出会うが「山国」ではあっても雪は余り降らない。

句意としては一面雪景色の中に自分という存在は「黒」としてある、ということ。文字通りに取ると白一面の画面に黒点が描かれるという真に絵画的な風景なのだが、「黒きわれ」という表現からは心象風景のようにも取れる。つまりこの清らかな大自然の中で人間というものは黒＝汚いもの、悪であるということだ。普段から人間社会の嫌な面をさんざん見てきている作者ならそう考えるだろう。

かなり倖せかなり不幸に花八ツ手

『山河』
（昭和四八年作）

遷子にしては珍しく歌謡曲風というか俗な表現。

この時の遷子にとって倖せとは？　不幸とは？

前者は俳句の世界では昭和四五年『雪嶺』で俳人協会賞を受賞し「馬醉木」の同人会長となったこと、医師の世界では佐久医師会長の職を全うし昭和四六年に弟愛次郎が独立して相馬北医院を開院するなど医業の経営が安定してきたこと、だろうか。

後者は逆にそのような状況の中で起こる様々な人間関係の軋轢か。或いは翌年四月に胃癌が見つかるので、すでに体調の悪化に気付いていたのかもしれない。

噴煙をおのれまとひて雪の嶺

『山河』
（昭和四九年作）

この「雪の嶺」はもちろん浅間山である。以前は「活火山」「休火山」「死火山」と呼んでいたが木曽御岳山が有史以来初めて噴火してから「休火山」の呼称はなくなった。現在ほぼ毎日噴煙を上げている浅間山はじめ噴火の可能性のある一一一が活火山とされている。

秋櫻子一世一代の傑作「冬菊のまとふはおのがひかりのみ」は昭和二三年の作で二五年発行の句集『霜林』に収録されているから遷子は当然知っていた筈。この浅間山の句は俳句の仕立が秋櫻子の冬菊の句と似てはいないだろうか。どちらも冬の句ということもあるし。

雛の眼のいづこを見つつ流さるる

『山河』
（昭和四九年作）

流し雛の句である。流し雛の風習は全国各地に残っており、元は生まれた子の災厄を負った形代としての役割があったらしい。佐久地方では北相木村の家難祓（かなんばれ）が知られる。この行事は一家の厄を雛に託して流すという本来の意味を残しているものである。

三月まではまだ穏やかな日々の筈だが、まるで自分の病気を知りつつ雛に委ねたような詠み振り。『山河』が遷子の俳人としての評価を高からしめた句群で満たされるのは、この句の少し後「春一番狂へりわが胃また狂ふ」以降である。そこから怒濤のごとき闘病詠が始まるのだ。

わが山河まだ見尽さず花辛夷

『山河』
（昭和四九年作）

82

この年の四月、遷子は胃癌の手術目的で入院する。掲出句は「万愚節おろそかならず入院す」の二句後にあり、自分の生涯とそれを育んでくれた大地への感慨を詠った。

遷子の四句集の最後『山河』の集中に「山河」の語を使った句は四句のみで「雪嶺」や「噴煙」の方が多い。この句の山河には殊更「わが」と冠してあるので、佐久の地への格別の親しみ、熱い思いが込められたものであろう。

辛夷は日本と韓国の済州島に分布、早春に花を咲かせる。田の神の依り代として田仕事を始める目安とされた。堀辰雄の『信濃路』にもこの花が登場する。

166 — 167

癌病めばもの見ゆる筈夕がすみ

『山河』
（昭和四九年作）

83

胃癌のため胃切除術を受けた遷子であるが、術後数日目に「梅に問ふ癌ならずとふ医師の言」という句がある。当時はまだ本人への癌告知は一般的でなく縦令その当人が医師であっても言葉を濁していたのかもしれない。何しろ胃潰瘍でも胃切除が行われていた時代のことだ。

してみるとこの句意は「本当に癌であれば物が見える筈だが夕霞がかかったようにまだその境地に達していない私は癌ではないに違いない」ということになる。この後の遷子は死を覚悟しつつも亡くなるまで生への希望を捨てず、それを俳句に詠み続けるのである。

業苦ただ汗して堪ふる春の闇

『山河』

（昭和四九年作）

胃切除術の後まだ入院している間の句。

先の句の後「無宗教者死なばいづこへさくらどき」「遺書書けば遠ざかる死や朝がすみ」と死を思う句が続く。そこまではまだ手術が済んでいないのかもしれない。掲出句の前の句に「創痛む」とあるからその時にはもう術後であるに違いない。従ってこの業苦は手術後の創の痛みと知れる。ひとつ後にも「一夜寝ぬ目に春暁のうすあかり」とあるので痛みに堪えて眠らず夜を明かしたのである。

その後も初花を持って来てくれた人に会わずに臥したり、腰痛のため一晩輾転としたりする辛い日々が詠まれる。

点滴注射明日より減るよ桃の花

『山河』
（昭和四九年作）

何とも子供のような無邪気さの表われた句である。医師であっても病気になれば気持ちは他の患者と変わらない。先に見てきたような大変な思いをしてきたのだから、少しでも快方に向かっている兆候があれば嬉しいに違いない。点滴がなくなれば退院も見えてくる。

信州は春が遅く梅・桜・桃が一気に咲く。とは言え約二、三週間のうち少しずつ時季をずらしてである。この句集の昭和四九年の一連を見ると「梅に問ふ」「初花を持ち来し」そうしてこの「桃の花」と見事に入院中に三つの花を詠んでいる。まるで歳時記の掲載順に並べたようだ。

わが肌に触れざりし春過ぎゆくも

『山河』
（昭和四九年作）

86

「わが肌に触れざりし春」ということは春の間じゅう入院生活をしていて、とうとう春らしい春の景物に触れることがなかったというのである。ただ俳句の数からすると春が四二句なのに退院後の夏の句がたったの五句しかない。辛い春ではあったが創作上は豊かだったのだ。

それにしても写実的な作の多い遷子にしては極めて感覚的な詠み振りである。具体的な事物は何も詠まれていない。漠然とした「春」という空気があるばかりだ。

下五が万葉調の「も」という終助詞で締められているのは如何にも秋櫻子の弟子らしいではないか。

葦切や午前むなしく午後むなし

『山河』

（昭和四九年作）

これは退院後に作られたものだ。退院したとはいえ先の点滴の句の後に「肝障害併発し食思全く無し」という前書の句があるので体調は必ずしも良好ではなかったようだ。仕事には復帰していたのだろうか。すでに息子の昭雄が佐久へ戻っていた筈なので彼に任せていたのだろう。

するとこの句は療養生活のアンニュイを詠んだもの、いやそれよりはもっと切実だったか。家の外では葦切が鳴いている。午前も午後もずっとそれを聞くともなしに聞いている。遷子にしては珍しく「むなし」を繰り返して救いのない句のように見える。そんな気分の日もある。

わが病わが診て重し梅雨の薔薇

『山河』
（昭和五〇年作）

88

医師として辛いところだが、なまじ医学的知識があるだけに主治医の慰めや嘘が通用しない。この時点で遷子の医師としての眼は自分の病状を重篤だと診断した。

「胃潰瘍の手術はうまくいった。だが肝炎を併発した」と説明されたのだろうが、臨床経験豊富な医師であれば、病気は胃癌でありすでに肝転移があって手術では癌を取り切れなかったのではないか、と考えるのが普通だ。

折角美しく咲いた薔薇なのに梅雨に入ってずぶ濡れ、これは遷子の心そのもののようだ。手術が終わって退院したのに快方に向かっていないのではないかとの疑惑。

冷え冷えとわがゐぬわが家思ふかな

『山河』
（昭和五〇年作）

89

　これも死を意識した句。自分がいなくなればこの家はどうなってしまうのだろう。父に先立たれ年老いた母は、病がちの妻は生活してゆけるのだろうか。ふとそのような思いに胸の奥まで冷え冷えとした気分になったのだ。

　こうして死を覚悟したように書いているが一方で「死病とは思ひ思はず夏深む」という句があったりして遷子の心は揺れ動いている。医師とはいえ自分や身内のこととなるとつい悪くない方に考えてしまうのが人情である。肝障害について遷子には輸血による肝炎及びその悪化と伝えられていたようである。

夏痩にあらざる痩をかなしみぬ

『山河』
（昭和五〇年作）

90

実は*87*と*88*はどちらも夏の句であったが、その間ちょうど一年の時間が流れている。この間病勢は比較的落ち着いていたようであるが、この夏に「肝炎再発」の前書の句があるので愈々癌の進行は止めようがなくなってきたようだ。

前年にも「痩せし身の吹かれ撓めり秋風に」とあり、前書に「食思全く無し」と書かれた頃から胃を切除したためと癌性悪液質が進行してきたためとでかなり体重が減ってきたと思われる。遷子は長身だったのでその痩せは一層目立ったことだろう。これは夏痩ではなく病による痩せだと知っているからこそ余計に悲しいのだ。

入院す霜のわが家を飽かず見て

『山河』
（昭和五〇年作）

昭和五〇年一一月一七日、佐久総合病院に入院。もうこの家には戻れない、これが最後の入院という思いが強かったろう。掲出句の前に「遺書書くや入院前夜しぐれつつ」があるので死を覚悟していたのは間違いない（これまでにも何度か遺書を書いていたようではあるが）。

*89*の句で詠んだことが現実味を帯びてきた。病院へ向かう前に何度も返り見るわが家は寒々と霜に覆われている。万葉集に親しんだ遷子の脳裏には額田王の「三輪山をしかも隠すか雲だにも心あらなも隠さふべしや」と近江遷都の際に故郷大和を何度も返り見た歌が浮かんだか。

雪嶺よ日をもて測るわが生よ

『山河』
（昭和五〇年作）

遷子は第三句集を『雪嶺』と名付けたようにこの言葉が好きであった。文字通り雪を被った山そのもの以上に何か象徴的な、一種土地の神や地霊の意味を籠めていたようだ。この句ではそれが如実に表われている。毎日自分を見守ってくれている雪嶺への呼び掛けとなっている。この雪嶺は具体的には浅間山か八ヶ岳、蓼科山であろう。

「日をもて測る」とは余生がもう年や月の単位ではなくより短い日の単位で表わされるほど死が切迫してきたのだという自覚を述べたものである。

死の床に死病を学ぶ師走かな

『山河』
(昭和五〇年作)

こういうところからも遷子の真面目さが窺える。入院して病に伏しているというのに、その自分の病について医学書や論文を読んで勉強しているのだ。

遷子は手術の病名を「胃潰瘍」と聞かされていたが胃癌ではないかと疑っていた。主治医側は偽のカルテを見せてまで彼に納得させたらしい（電子カルテの現在なら改竄は不可能だが）。術後の肝障害については輸血後肝炎による肝硬変と説明されていたようだ。しかし縦令輸血によって肝炎が起こっても（当時C型肝炎は未発見）たかだか一年で肝硬変になる筈はない。見え透いた嘘だ。

死は深き睡りと思ふ夜木枯

『山河』
（昭和五〇年作）

94

入院後から死についての省察が始まる。「母より先に逝かんとは」「このまま死なば安からん」など死を受け容れたような句の後に「あきらめし命なほ惜し冬茜」と詠んだりする。眠れない夜が続いたようである。

93の句には「病急激に悪化、近き死を覚悟す」の前書があり、掲出句はその次に位置する。有名なキューブラー＝ロスの死を受け容れるまでの五段階、即ち否認、怒り、取り引き、抑うつ、受容で言えば、遷子はすでに受容の域に入っているように見えつつもまだためらいが見られ、必ずしもこの五段階通りには進行しないことが分かる。

冬麗の微塵となりて去らんとす

『山河』
（昭和五〇年作）

相馬遷子と言えばこの俳句を思い出す人が多かろう。辞世とは厳密に言えば死に臨んで作られる詩や歌であるが、遷子はこの句を辞世と考え福永耕二にもそう言っていた。確かに辞世としての風格、気迫が備わっている。

佐久の地は温暖化と言われる昨今でも厳寒期には氷点下一五度くらいになる。そんな日の早朝には空気中の水蒸気が凍ってダイヤモンドダストが見られる。「冬麗の微塵」とはこのきらきら輝く氷の結晶のことであろうか。

原案は「冬麗に何も残さず去らんとす」であった。推敲されて「無になる」から「微塵として残る」、つまり「わが山河」の一部になるという決意表明に変わった。

この一句が遺れば俳人として本望だったに違いない。

わが山河いまひたすらに枯れゆくか

『山河』（昭和五〇年作）

96

『山河』には「わが」という語が頻出する。

遷子は決して俺が俺がというタイプの人物ではない。追悼文などを読むと、どちらかと言えば紳士的で穏やかな人柄だったと皆が言う。その人にして昭和五〇年の九九句中「わが」「われ」を含む句が一〇句も含まれている。それだけ郷里に対する愛着が強いということだろうか。

「わが山河」という表現は*82*の句にもあった。自分が生まれ育った佐久の地との思いであろう。時はいま一二月、山も野もひたすら枯に向かってゆく。そういう自然界の枯だけでなく心理、心象風景としての枯でもあった。

かく多き人の情に泣く師走

『山河』
（昭和五〇年作）

「われにその価値ありや」の前書。入院した遷子の元には様々な人が見舞いに訪れたであろう。それだけでなく句集『山河』出版のため病床にある遷子に代わって矢島渚男、堀口星眠らが奔走し編集に当たった。このように様々な人の情に支えられてきた、その全てに対する感謝の表明である。後に述べる葛飾賞の授与も既に決まっていたから、それを決定した水原秋櫻子への感謝もあろう。

遷子自身は徐々に体調が悪化するのを感じつつ入院生活を続けていた。にも拘らず最後の一か月の旺盛な作句・執筆活動には驚かされる。文字通りの師走であった。

蒼天下冬咲く花は佐久になし

『山河』
（昭和五〇年作）

98

　佐久にも蠟梅や寒桜など冬に咲く花は勿論ある。ただこの句はそのような事実を問題としている訳ではない。遷子の元には大勢の見舞客が訪れ「温室の花病室賑やかなるがよし」という句のように沢山の花に囲まれていた。

　病室内はそうであっても窓の外を見ると蒼天下に満目蕭条と枯山河が広がるばかりで目に立つ花はない。これは実景であるとともにこの時の遷子の心象風景でもあったのではないか。自分は長い闘病のために痩せ細り花も葉も落とした枯木のようになってしまった。もはやこの佐久の木に花が咲くこともないだろう。と随分弱気だ。

わが生死食思にかかる十二月

『山河』
（昭和五〇年作）

句集『山河』の掉尾を占める一句。

遷子は主治医から肝硬変と言われ、快方に向かうためには食べなければいけないと説明されていた。食思を詠んだ句には「食思無き食事地獄や冬の鳶」というのもある。食べるという本来入院患者にとって一番の楽しみである筈の営為が、地獄と呼ばざるを得ないほどの苦痛となってしまっている状況に言葉を失う。

結局遷子の食欲は戻ることなく死に向かう。それでもこの年の年末を乗り越えたのは今編纂中の句集の上梓を見るまでは死ねぬとの気力ゆえであったろう。

昼ながく夜またながし寒の入り

『相馬遷子全句集』

（昭和五一年作）

遷子は病室で年を越し一月には最後の句集『山河』を刊行。だが句集そのものは遂に生前には間に合わなかった。さらに馬酔木最高の結社賞である葛飾賞を受賞。過去の受賞者は石田波郷ただ一人であった。副賞の秋櫻子自筆の半折が死の直前の遷子に届けられた。このあたりの経緯は『相馬遷子——佐久の星』に筑紫磐井が詳述している。

句集収録後、亡くなるまでの作は「馬酔木」に発表され、昭和五七年刊行の『相馬遷子全句集』に収められている。この句は死を前にした病人の偽らざる感慨である。

昭和五一年一月一九日、永眠。享年六九（満六八歳）。

相馬遷子の医師俳句・闘病俳句

一、はじめに

相馬遷子と言えば「馬酔木」の高原派としか知らなかった。その遷子と同じ佐久に住むこととなり、同じ地域で医師として働くようになって俄然その俳句に興味を持ち始めた。

きっかけは筑紫磐井氏からインターネット上のブログ「――俳句空間――豈weekly」の「遷子を読む」に参加しないかと誘われたことであった。この企画は二〇〇九年三月から二〇一〇年七月まで中西夕紀、原雅子、深谷義紀、筑紫磐井と著者の五人（当初は窪田英治も加わっていた）による研究であり、その成果は二〇一一年に『相馬遷子——佐久の星』(邑書林)という書物に纏められた。

読み進めるうちに遷子という作家の俳句は一括りにできるほど単純ではなく、信州の自然を中心とした自然詠から社会性俳句、境涯俳句、それに著者が医師俳句と呼ぶもの、さらには闘病俳句に至るまで幅広いジャンルに亙ることが分かった。ここでは医師俳句・闘病俳句に限って解説する。

二、『山国』医師俳句の習作

『草枕』にも石田波郷の「鶴」や斎藤玄の「壺」の影響を受けた境涯俳句の萌芽が見られた。しかしそれが本格的なものとなるのは佐久に帰って医院を開業してからである。

『山国』も終り近く昭和二八年頃になると高原派と呼ぶに相応しい自然詠に交じって医師としての仕事などを詠んだ俳句が散見されるようになる。とは言えまだ年に数句を数えるのみである。

往診の夜となり戻る野火の中
農婦病むまはり夏蚕が桑はむも
家を出て夜寒の医師となりゆくも
山に雪けふ患者らにわれやさし
年の暮未払患者また病めり
農婦病む雲雀を籠に鳴かしめて

しかしこれら医師俳句の習作と言ってよい作品群はまだまだ遷子本来のレベルには達していない。同時期の自然詠と比べるとどうしても見劣りがする。どこか類型的で物語を聴かされているような、つまり心の底からの叫びを欠いているのだ。医師である自分を詠むという気負いからカメラに向かって笑みを作っているような不自然さが拭えない。跋に石田波郷が鋭く看破したように「生活を詠む句は、とかく叙述的になりやすくて、物語として読者に訴へてゆくのを、私どもは警戒しなければならないが、錬達の著者にしても尚ゝその風をまぬかれないものがある」という評価が妥当であろう。

ここで医師俳句の定義をしておきたい。狭義の医師俳句は「往診や診療風景など医師としての業務を詠んだ俳句」とする。また広義の医師俳句を「病気・病人や人の死を医師の眼を通して詠んだ俳句」と定義する。

三、『雪嶺』医師俳句の深化

『雪嶺』になると俄然医業に関する俳句がその数を増してくる。境涯詠と呼んでもいいし、その職業から医師俳句と呼んでもいい俳句が目立つようになる。そして俳句の質も向上してくるのである。

昭和三一年に沢木欣一『塩田』が、翌年には能村登四郎『合掌部落』が刊行され、翌々年の総合誌「俳句」では「俳句と社会性の吟味」という特集が組まれた。桑原武夫の「第二芸術」論に対して反応した現代俳句が社会性俳句に向かいつつあった時代である。

職場俳句運動とか教師俳句などが遷子の所属する「馬酔木」でも声高に叫ばれ

ていた。また遷子が兄事した石田波郷は「境涯俳句」を提唱し、遷子は「馬酔木」だけでなく波郷が主宰する「鶴」にも投句していた。遷子が自分の職業である医師とその業務を俳句で表現しようとしたのはごく自然の成り行きだったのである。

大寒や老農死して指est し

汗の往診幾千なさば業果てむ

ころころと老婆生きたり光る風

口中もまた貧農夫春の風邪

隙間風殺さぬのみの老婆あり

酷寒に死して吹雪に葬らる

障子貼るかたへ瀕死の癌患者

卒中死田植の手足冷えしまま

四〇句ほど数えられる医師俳句から秀句を抜いた。全体として『山国』の句よりも臨場感があり、レベルが一段上がっているのが明らかだ。時には生老病死の根源に触れるほどの深い洞察と、それを俳句という形式に昇華させる優れた表現力を感じさせる。

　医師としての遷子の目は概ね優しいが時には突き放した言い方になることもある。「貧農夫」は現代なら差別用語と問題にされかねぬほど身も蓋もない言い方だ。しかしそれがこの時代の、高度成長期前夜の田舎の実状だったのである。

「ころころと老婆生きたり」「殺さぬのみの老婆」という表現には情を排して対象を見据える医師としての視線を感じる。だが医学と医療とは違う。科学としての医学では済まない所に医療の難しさがあり面白さがある。遷子が俳句の対象としてこれらの老婆を見る視線は一医療人として患者である老婆を見る視線とかなり重なり合う。冷たいようで根底においてどこか温かい。突き放しているようで突き放し切れない。長く生きて来た対象を尊重する態度と言っていいかもしれない。

　この頃の佐久地方は日本一脳卒中の多い地域だった。外気は氷点下一〇度を下回るほど冷たく、暖房といっても炬燵くらいでストーブのように部屋全体を暖める発想は一般的ではなかったのだ。

「酷寒に死して」と「卒中死」の句には検死官のような冷徹な視線が感じられる。酷寒と吹雪の救いようの無さ、卒中死した人の生活にまで思いを致したリアリズム、これらは実際に患者を看取った医師の立場でなければ描き得ないものだ。

四、『山河』医師俳句の変貌

『山河』になるとこれまでのような往診の俳句、明らかな医師俳句は影を潜める。

凍る夜の死者を診て来し顔洗ふ
春光に君見る医師の眼もて
患者来ず四周稲刈る音きこゆ
春寒し医師招かれて死の儀式
未明書くカルテに年の改まる

これらを含めて数句を数えるのみとなる。

昭和四二年には佐久総合病院に、後に遷子が入院する地下一階地上七階の東病棟・西病棟が完成。佐久市立となった浅間総合病院にも昭和四六年に西病棟が完成した。また昭和三六年には国民皆保険が達成された。このような背景から住民は病院志向となり、家で死ぬことは病者に対して十分な医療を施していない、つまりは家族の怠慢であるとみなされる風潮が大勢を占めるようになる。以前には「芸者を揚げる」と同じ意味合いで「医者を揚げる」と言われ、医師の往診を仰ぐことは一家にとって経済的にも負担だった。それが今や「少しでも悪いところがあれば病院へ」と変わり、開業医による往診の数も以前ほど多くなくなった。相馬医院のある野沢町は佐久総合病院のすぐ近くなので殊更その傾向が強かったろう。往診の句が減った理由にはこのような事情もあったと思われる。

五、医師俳句の終焉

終焉と書いたが遷子が病者に関する俳句を詠まなくなった訳ではない。いやむしろ『山河』の後半は後に触れる闘病俳句が大半を占める。医師の業務を詠んだ俳句は少なくなったけれども病気・病人や人の死を医師の眼を通して詠んだ俳句はむしろ増えてゆく。

遷子が『山河』の後半、昭和四七年以降に狭義の医師俳句を詠まなくなったのは何故だろう。飽くまで推測ではあるがその理由は三つに大別できると考える。

一つ目は俳句上の生老病死の対象が患者から身内や自分自身に移ったこと。『山河』は遷子の還暦以後の作品集であるからこれまで患者として詠まれてきた老人の年齢に自身が達してしまった。況して父母は今で言う後期高齢者の域に入る。

二つ目は医療のかたちが大きく変わったこと。医療の専門化、診断や治療技術の高度化が進み病院と診療所（開業医、クリニック）との医療内容に大きな差が開いてしまった。患者の病院志向が強まり、ことに佐久地域では一次救急から三次救急まで、予防（健診）から介護や往診まで、すべてを大病院が担う体制が出来上がった。診療所では遷子の医師俳句に題材を提供していた往診の数も激減したことが推測される。

三つ目は作句の立場から医師の業務や社会的な事柄より故郷の自然を詠む方へ関心が移ったこと。遷子が佐久に帰って二〇年が経過し老境に差しかかってこれまで以上に故郷に愛着を示すようになる。

雪嶺に地は大霜をもて応ふ

甲斐信濃つらなる天の花野にて

噴煙をおのれまとひて雪の嶺

わが山河まだ見尽さず花辛夷

これまでの二句集にも素晴らしい自然詠はあったが『山河』のそれは遷子の故郷への思い入れが強いせいかとりわけ心にしみる。

六、闘病俳句

万愚節おろそかならず入院す

昭和四九年のこの時点から遷子の胃癌による入院が始まり、彼の闘病俳句が始まる。

世間の呼称に従って「闘病俳句」と書いたけれども個人的には闘病の語に聊か抵抗なしとしない。どうも一般的に病気、特に癌とは闘わなくてはならないとの観念が強い。しかし初めから治らないことの分かっている病気も多く、その場合には闘うより共存のイメージの方が相応しいこともある。遷子の癌は結局手術で完治に至らず二年弱で彼の命を奪う。遷子の病気に対する思いはつねに揺れ動いていて必ずしも「闘病」一辺倒ではない。

今でこそ遷子が亡くなった原因は胃癌とその肝転移と判っているが、遷子の生前彼には遂に正式の病名が明かされなかった。縦令根治が絶望的でも告知するとの意見が大勢を占める現在とは隔世の感がある。遷子の俳句を読んだだけでは彼にどの程度まで真実が語られていたのかいま一つはっきりしなかった。だが遷子没後に編集された「俳句」昭和五一年四月号の特集「相馬遷子追悼」を読み疑問が氷解した。遷子は知人に対し自分の病気を「肝硬変」と説明していたようだ。

つまり胃は手術したけれど悪性（癌）ではなかった、ただその時受けた輸血の合併症で肝硬変となりそれが長引いているのだ、と。矢島渚男氏によると「癌の疑いを捨て回生に希望を持」たせるために主治医は偽のカルテを示したと言う。肝硬変は治癒しないまでも悪化をくいとめることができると信じ込まされたのだ。

入院す霜のわが家を飽かず見て
冬青空母より先に逝かんとは
あきらめし命なほ惜し冬茜
死は深き睡りと思ふ夜木枯

最後の入院となった昭和五〇年一一月一七日のそれは完全に死を覚悟しての入院であった。もう二度と戻ってくることはあるまいとの思いでわが家を見たのである。

冬麗の微塵となりて去らんとす

余りにも美しく潔い響きなのでこの句が遷子の辞世とされるのも故なしとしない。ここに至ってキューブラー＝ロスの死の受容の境地に到達したかに見える。遷子の場合は冬麗の句が辞世だという本人の発言があったようである。この句のよさはすぐ消え去るのでなく微塵という小さくとも存在する物を提示した点にある。この微塵にはダイヤモンドダストのイメージがあったと考えるがどうであろう。ただの埃と考えるより朝日を浴びて七色に輝くダイヤモンドダストと取った方が遷子の清々しい生き様に相応しいのではないか。

【参考文献】

相馬遷子『草枕』（壺冊子）壺俳句会、一九四六年五月二〇日
相馬遷子『山国』近藤書店、一九五六年一〇月三一日
相馬遷子『雪嶺』竹頭社、一九六九年一〇月二五日
相馬遷子『山河』東京美術、一九七六年一月一〇日
相馬遷子『相馬遷子全句集』相馬遷子記念刊行会、一九八二年三月一日
筑紫磐井、仲寒蟬、中西夕紀、原雅子、深谷義紀『相馬遷子――佐久の星』邑書林、二〇一一年一〇月二〇日
「俳句」一九七六年四月号「相馬遷子追悼」

初句索引

あ行

秋風よ……104
吾子とわれ……20
畦塗に……58
畦塗りに……60
汗の往診……78
家を出て……54
薄き雑誌……22
往診の……50
女手に……138

か行

甲斐信濃……146
かく多き……196
風邪の身を……28
かなり倖せ……160
寒うらゝ……32
癌患者……94
患者来ず……148
寒雀……30
癌病めば……168
霧行くや……4
草枕……6
暮の町……122
薫風に……144
業苦ただ……170
口中も……88
凍る夜の……132
こほろぎや……46
子が嫁ぎ……128
木枯に……26
狐舎のうら……44
酷寒に……102
ころころと……84

さ行

百日紅……34
山脈へ……48
しづけさに……62
自転車に……24
死の床に……188
死は深き……190
慈悲心鳥……42
死病診るや……110
春光に……134
障子貼る……114
しろじろと……154
人類明日……100
隙間風……96
ストーヴや……98
雪嶺に……140
雪嶺の……74
雪嶺よ……186
栓取れば……14
蒼天下……198

卒中死……118

た 行

大寒や……76
滝をささげ……8
忽ちに……18
田を植ゑて……112
父みとる……142
筒鳥に……90
燕来て……40
露草に……36
梅雨の木菟……108
点滴注射……172
とある家に……106
冬麗の……192
年老いて……130
年の暮……66

な 行

夏痩に……182
煮凝や……16
入院す……184
農婦病む
—まはり夏蚕が……52
—雲雀を籠に……68

は 行

母病めり……92
春寒し……150
春の町……70
半天の……156
冷え冷えと……180
雛の眼の……164
病者とわれ……126
昼ながく……202
冬木に向ひ……10
噴煙を……162
星たちの……56

ま 行

繭安の……86
水洟や……82
未明書く……152
黙々と……12

や 行

八ヶ岳……124
山に雪……64
山の雪……120
病む人に……80
夕蟬や……72
雪晴れし……158
葦切や……176
世の寿命……116

ら 行

猟銃音……38
歴史には……136

わ 行

わが山河
—まだ見尽さず……166
—いまひたすらに……194
わが生死……200
わが肌に……174
わが病……178

季語索引

秋風［あきかぜ］（秋）……14・104
秋の日［あきのひ］（秋）……44
汗［あせ］（夏）……12・78・94
畦塗［あぜぬり］（春）……58・60・138
暖か［あたたか］（春）……22
暑し［あつし］（夏）……126
天の川［あまのがわ］（秋）……80
蟻［あり］（夏）……62
冱つる［いつる］（冬）……56
稲刈［いねかり］（秋）……148
鰯雲［いわしぐも］（秋）……156
霞［かすみ］（春）……168
風邪［かぜ］（冬）……28
風光る［かぜひかる］（春）……84
狩［かり］（冬）……38
寒雀［かんすずめ］（冬）……30
寒の入［かんのいり］（冬）……202
寒の内［かんのうち］（冬）……32
霧［きり］（秋）……4
薫風［くんぷう］（夏）……136・144
厳寒［げんかん］（冬）……102
鯉幟［こいのぼり］（夏）……20
氷［こおり］（冬）……132
蟋蟀［こおろぎ］（秋）……46
凩［こがらし］（冬）……26・190
極暑［ごくしょ］（夏）……86
去年［こぞ］（新年）……142
辛夷［こぶし］（春）……166
百日紅［さるすべり］（夏）……34
時雨［しぐれ］（冬）……6
霜［しも］（冬）……140・184
十一［じゅういち］（夏）……42
十二月［じゅうにがつ］（冬）……200
春光［しゅんこう］（春）……134
障子貼る［しょうじはる］（秋）……114
師走［しわす］（冬）……188・196
新年［しんねん］（新年）……152
隙間風［すきまかぜ］（冬）……96
ストーブ［すとーぶ］（冬）……98
蝉［せみ］（夏）……72
大寒［だいかん］（冬）……76
田植［たうえ］（夏）……112・118
滝［たき］（夏）……8
田草取［たくさとり］（夏）……124
筒鳥［つつどり］（夏）……90
燕［つばめ］（春）……40
梅雨［つゆ］（夏）……108・178
露草［つゆくさ］（秋）……36
年の暮［としのくれ］（冬）……66・122
鳥雲に入る［とりくもにいる］（春）……130
夏蚕［なつご］（夏）……52

夏痩［なつやせ］（夏）……182
煮凝［にこごり］（冬）……16
野焼［のやき］（春）……50
花野［はなの］（秋）……146
春［はる］（春）……70・116・174
春寒［はるさむ］（春）……150
春の風邪［はるのかぜ］（春）……88
春の闇［はるのやみ］（春）……170
雛祭［ひなまつり］（春）……106・164
雲雀［ひばり］（春）……68
冷やか［ひややか］（秋）……180
冷奴［ひややっこ］（夏）……18
冬［ふゆ］（冬）……198
冬枯［ふゆがれ］（冬）……194
冬木［ふゆき］（冬）……10
冬隣［ふゆどなり］（秋）……128
冬の山［ふゆのやま］（冬）……74・162・186
冬晴［ふゆばれ］（冬）……192
祭［まつり］（夏）……92・154
水洟［みずばな］（冬）……82
虫［むし］（秋）……100
桃の花［もものはな］（春）……172
八手の花［やつでのはな］（冬）……160
雪［ゆき］（冬）……24・64・120
雪解［ゆきげ］（春）……48
雪晴［ゆきばれ］（冬）……158
夜寒［よさむ］（秋）……54
葭切［よしきり］（夏）……176
連翹［れんぎょう］（春）……110

著者略歴

仲　寒蟬（なか・かんせん）

1983年、信州大学医学部卒業。
1996年、「港」俳句会に入会、大牧広に師事。
2004年、第一句集『海市郵便』刊行、山室静佐久文化賞受賞。
2005年、第50回角川俳句賞受賞。
2014年、第二句集『巨石文明』刊行、第65回芸術選奨文部科学大臣新人賞受賞。
2023年、第三句集『全山落葉』刊行。

現　在　「牧」「平」代表、「群青」同人。現代俳句協会・俳人協会会員。

現住所　〒385-0025
長野県佐久市塚原1562-6

発　行　二〇二四年六月二五日　初版発行
著　者　仲　寒蟬 ©Kansen Naka
発行人　山岡喜美子
発行所　ふらんす堂
〒182-0002　東京都調布市仙川町一—一五—三八—2F
TEL（〇三）三三二六—九〇六一　FAX（〇三）三三二六—六九一九
URL https://furansudo.com/　E-mail info@furansudo.com

相馬遷子の百句

振　替　〇〇一七〇—一—一八四一七三
装　丁　和　兎
印刷所　創栄図書印刷株式会社
製本所　創栄図書印刷株式会社
定　価＝本体一五〇〇円＋税
ISBN978-4-7814-1661-8 C0095 ¥1500E

●百句シリーズ

★＊『高濱虚子の百句』岸本尚毅
＊『後藤夜半の百句』後藤比奈夫
★『藤田湘子の百句』小川軽舟
★『飯島晴子の百句』奥坂まや
『綾部仁喜の百句』藤本美和子
『清崎敏郎の百句』西村和子
『右城暮石の百句』茨木和生
『芝不器男の百句』村上鞆彦
『山口青邨の百句』岸本尚毅
＊『鷹羽狩行の百句』片山由美子
『杉田久女の百句』伊藤敬子
『鈴木花蓑の百句』伊藤敬子
『鍵和田秞子の百句』藤田直子
『波多野爽波の百句』山口昭男
『森　澄雄の百句』岩井英雅
『橋本鶏二の百句』中村雅樹
★『加藤楸邨の百句』北大路翼
『能村登四郎の百句』能村研三
『宇佐美魚目の百句』武藤紀子
『佐藤鬼房の百句』渡辺誠一郎
『赤尾兜子の百句』藤原龍一郎
『沢木欣一の百句』荒川英之
『長谷川素逝の百句』橋本石火
『京極杞陽の百句』山田佳乃
『桂　信子の百句』吉田成子
『永田耕衣の百句』仁平勝
『福田甲子雄の百句』瀧澤和治
『石川桂郎の百句』南うみを
『臼田亞浪の百句』西池冬扇
『三橋敏雄の百句』池田澄子
『尾崎紅葉の百句』高山れおな
『細見綾子の百句』山崎祐子
『川端茅舎の百句』岸本尚毅
『平畑静塔の百句』五島高資
『鈴木六林男の百句』高橋修宏
『原　裕の百句』原朝子
『木下夕爾の百句』鈴木直充
『和田悟朗の百句』森澤程
『古舘曹人の百句』丹羽真一
『篠原　梵の百句』岡田一実
『河東碧梧桐の百句』秋尾敏
『夏目漱石の百句』井上泰至

＊＝品切　★電子書籍あり